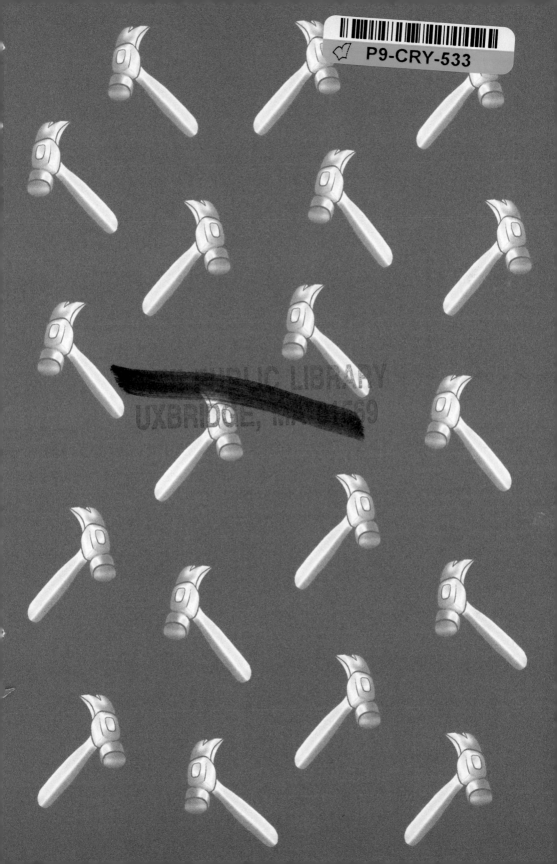

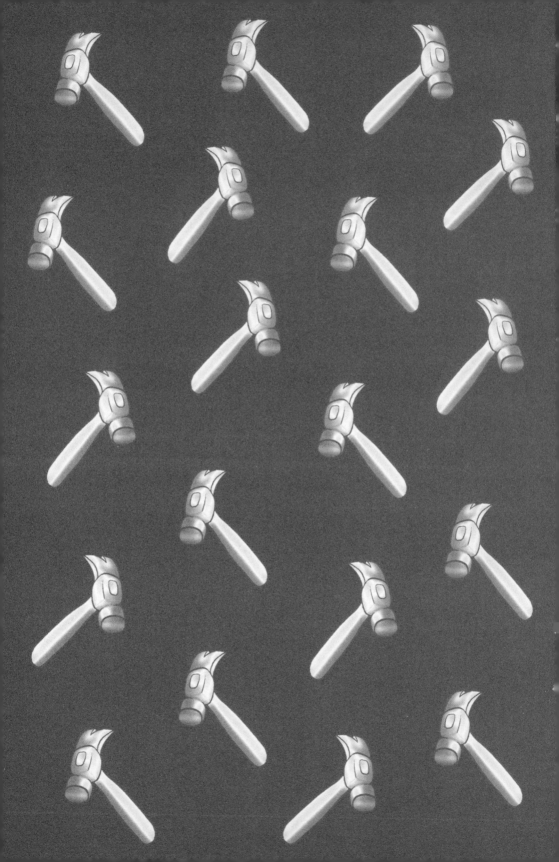

Jorge el curioso
construye una casa en un árbol

Curious George®
Builds a Tree House

Adaptation by Julie Tibbott
Based on the TV series teleplay written by Joe Fallon

Adaptación de Julie Tibbott
Basado en la serie de televisión escrita por Joe Fallon
Traducido por Carlos E. Calvo

Houghton Mifflin Harcourt
Boston New York

JJ
Tibbott
Spanish

ISBN: 978-0-544-97461-6 paper-over-board
ISBN: 978-0-544-97462-3 paperback

Design by Lauren Pettapiece
Cover art adaptation by Artful Doodlers Ltd.

www.hmhco.com
Printed in China
SCP 10 9 8 7 6 5 4 3 2 1
4500641637

AGES	GRADES	GUIDED READING LEVEL	READING RECOVERY LEVEL	LEXILE® LEVEL	SPANISH LEXILE®
5–7	1	J	17	480L	520L

George was a good little monkey, but sometimes he broke the house rules. Painting on the house walls was against the rules.

Jorge era un monito bueno, pero a veces no obedecía las reglas del hogar. Pintar las paredes iba en contra de las reglas.

So was buttering the corn with your feet. The
animals outside didn't have to worry about house
rules.

Como también ponerles mantequilla a las mazorcas con los
pies. Los animales que vivían fuera no tenían que preocuparse
por las reglas del hogar.

That made it seem like a great place for a monkey!
The tree was nice . . .

**¡Este parecía ser un lugar ideal para un mono!
El árbol era lindo...**

. . . until it started raining.
George couldn't live in a tree
and stay dry—unless he had a tree house! Then he
could make his own house rules.

**...hasta que comenzó a llover.
Jorge no podía vivir en un árbol y estar seco...¡a menos que
tuviera una casa en el árbol! Recién entonces podría hacer sus
propias reglas del hogar.**

George went to see how other houses were made. Mrs. Renkins was building a chicken coop. Maybe she could help.

Jorge fue a ver cómo se hacían otras casas. La Sra. Renkins estaba construyendo un gallinero. Quizás ella podría ayudarlo.

George looked at some
drawings Mrs. Renkins had.
"These are my plans, George," she explained.
Of course! George needed a plan. He drew a plan for
his tree house.

**Jorge observó algunos dibujos que tenía la Sra. Renkins.
—Esos son mis planos. —le dijo ella. ¡Y por supuesto! Jorge
necesitaba un plano. Y dibujó un plano para su casa en el árbol.**

Mrs. Renkins liked George's drawing.
"If you want to try building, take all the wood you need," she said.

**A la Sra. Jenkins le gustó lo que Jorge dibujó.
—Si quieres tratar de construir, toma toda la madera que necesites —le dijo.**

On the way home, George passed Mr. Quint, fixing the dock. "Hi, George," he said. "That's a lot of wood. You must be building something."

Camino a casa, Jorge pasó por lo del Sr. Quint, que estaba arreglando el muelle. —Hola, Jorge —lo saludó—. Llevas mucha madera. Seguro que estás construyendo algo.

Mr. Quint offered George some nails.
"Take anything you need, neighbor!"

El Sr. Quint le ofreció algunos clavos.
—¡Toma todos los que necesites, vecino!

Armed with his Handy Monkey tool set, George was ready to build. This would be his house, and he would make all the rules!

Preparado con todas sus herramientas de monito constructor, Jorge ya estaba listo para construir. Sería su casa, y ¡él pondría las reglas!

George chose a
piece of wood for
the floor of the tree
house. He tried to balance it on his favorite branch
. . . but it didn't stay up! Building was not easy.
How could he keep his floor from tipping over?

**Jorge eligió un trozo de madera para el suelo de la casa
del árbol. Trató de que quedara en equilibrio sobre su rama
favorita...¡pero no se sostenía! Construir no era fácil.
¿Cómo podría evitar que el piso se inclinara?**

Maybe he needed to balance his floor on two branches. Success!

Quizás debía hacer que el piso quedara en equilibrio entre dos ramas. ¡Y lo logró!

Now it was time to put up the walls. George
remembered how Mr. Quint used the tools on the
dock. It was even faster when you could use your feet!

**Ahora era el momento de poner las paredes. Jorge se acordó
del Sr. Quint usando las herramientas en el muelle. ¡Y es
mucho más rápido si también se usan los pies!**

After lots of hard work, there was only one wall left to build. But George was out of nails, and the only piece of wood left was too big.

Después de muchísimo trabajo, solo quedaba una pared por construir. Pero a Jorge ya no le quedaban clavos, y el único trozo de madera que le quedaba era demasiado grande.

George went back to Mrs. Renkins's farm. She had
told him he could have any wood he wanted.
Then he stopped at the dock for nails.

**Jorge volvió a la granja de la Sra. Renkins. Ella le había dicho
que podía tomar toda la madera que quisiera.
Después, Jorge se detuvo en el muelle para tomar clavos.**

George's tree house was finally done! "Wow!" said the man with the yellow hat. "You built your own house. Where did you get all the wood and nails and . . . ."

¡Por fin la casa de Jorge estaba lista!
—¡Guau! —exclamó el señor del sombrero amarillo—. Construiste tu propia casa. ¿Dónde conseguiste la madera, los clavos y...

Just then, the neighbors showed up.
"George! Did you take my wall?" asked Mrs. Renkins.
Mr. Quint asked, "Did you take nails from my dock?"

Justo en ese instante aparecieron los vecinos.
—¡Jorge! ¿Tú tomaste mi pared? —le preguntó la Sra. Renkins.
Y el Sr. Quint le preguntó: —¿Tú tomaste clavos de mi muelle?

George was sorry.
But then the neighbors saw his careful plans. They
didn't want George to lose his tree house.

Jorge se lamentó.
Pero los vecinos vieron los planos cuidadosos de Jorge. No
querían que él perdiera su casa en el árbol.

"It's okay. I did say you could have whatever nails you wanted," Mr. Quint said.
"And I can make a new wall," Mrs. Renkins said.

—Está bien. Yo te dije que podías tomar todos los clavos que quisieras —le dijo el Sr. Quint.
—Y yo puedo hacer una nueva pared —dijo la Sra. Renkins.

21

Now George had a place where he made the rules. Rule #1: You have to paint on the walls. And Rule #2: Always butter corn with your feet!

Ahora Jorge tenía un lugar para poner sus reglas. Regla N° 1: Tienes que pintar en las paredes. Y regla N° 2: ¡Siempre debes ponerles mantequilla a las mazorcas con los pies!

What Are Houses Made Of?

¿De qué están hechas las casas?

Different kinds of houses use different kinds of building materials. Can you match the house to the material it was built with?

Cada tipo de casa se construye con materiales diferentes. ¿Puedes emparejar cada casa con el material con el que se construyó?

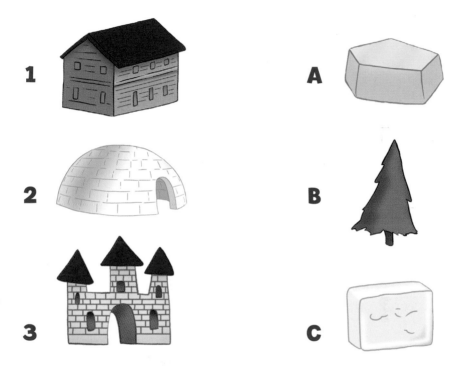

1

A

2

B

3

C

Make a Plan!

¡Haz un plano!

George learned that the first step in building something is making a plan. All you need is paper, something to draw with, and your imagination to make your own plans for a spectacular house! What will your house rules be?

Jorge de dio cuenta de que el primer paso para construir una casa es hacer un plano. Lo único que necesitas es papel, algo con qué dibujar ...iy tu imaginación para hacer los planos de una casa espectacular! ¿Cuáles serán las reglas de tu casa?

Build a House with Sponge Blocks

¡Construye una casa con bloques de esponja!

Do you want to build things, just like George? You can make your own building blocks with ordinary household sponges!

¿Quieres construir cosas como hizo Jorge? ¡Puedes hacer tus propios bloques de construcción con esponjas comunes que haya en tu casa!

You'll need:
Clean, dry sponges
Scissors

Lo que necesitas:
Esponjas secas y limpias
Tijeras

What to do:
Ask a grownup to help you cut the sponges into different shapes. Stack your sponge blocks together to build a house, a tower, or whatever else you can imagine!

Lo que hacer:
Pídele a un adulto que te ayude a cortar las esponjas dándoles formas diferentes. Apila los bloques de esponja para construir una casa, una torre, ¡o lo que te imagines!

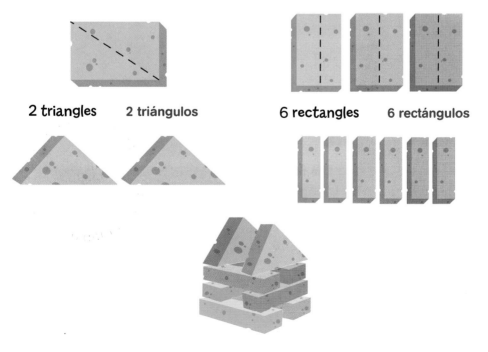

2 triangles   2 triángulos

6 rectangles   6 rectángulos

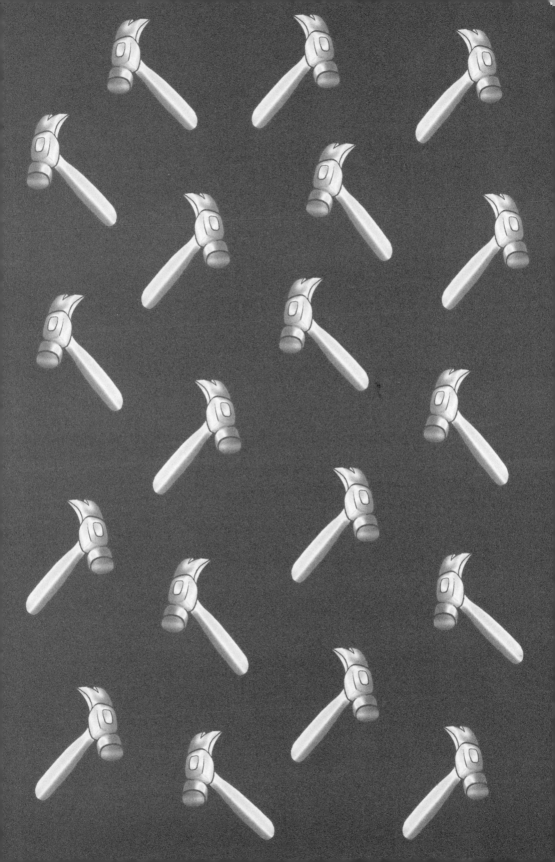

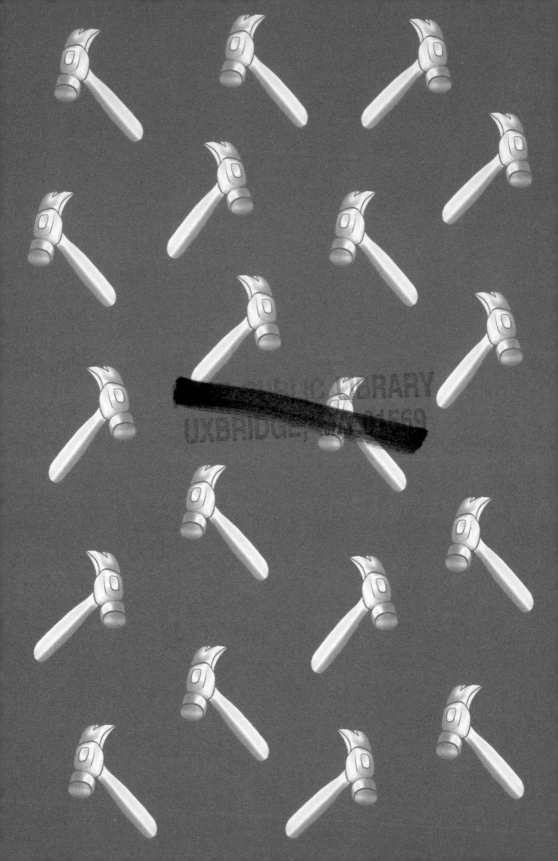